세계
문학
×
필사
100일

세계 문학은 시간을 견딘 문장들이다

세계
문학
×
필사
100일

손으로 쓰며
만나는 명문장

윤서진 엮음

진정한 여행은
새로운 풍경을 찾는 게 아니라
새로운 눈을 갖는 데 있다.

-마르셀 프루스트

손으로 옮겨 적을 때 문장은
비로소 마음에 머문다

우리는 대개 읽기 위해 책을 펼칩니다. 더 빨리, 더 많이, 더 정확하게 읽기 위해서입니다. 서점에는 언제나 읽어야 할 책이 넘쳐나고, 우리는 그 속도에 맞추듯 문장을 서둘러 지나칩니다. 읽지 않으면 뒤처질 것 같은 마음으로 페이지를 넘기고, 다음 책을 향해 서둘러 이동합니다. 그러나 어떤 문장들은 그렇게 읽히기를 거부합니다. 눈으로는 분명 읽었지만 마음에는 남지 않는 문장들입니다. 지나간 자리에는 의미 대신 공백만 남습니다. 읽었다는 기억만 남고, 문장은 금세 사라져 버립니다.

이 책은 그런 순간에서 시작되었습니다. 읽는 독서에서 멈추지 않고 손으로 옮겨 적는 독서가 필요하다고 느낀 순간에서요. 문장을 따라 천천히 써 내려가는 동안 읽기의 속도는 자연스레 느려지고, 그 느려진 속도에 하루가 잠시 발을 맞춥니다. 바쁘게 흘러가던 시간 속에서 문장 하나가 눈을 붙잡고, 그 자리에 잠시 머물게 합니다. 아무 일도 일어나지 않는 듯 보이지만, 그 잠깐의 멈춤이 하루의 결을 바꾸어놓기도 합니다.

필사는 문장을 소유하는 일이 아닙니다. 더 잘 이해하기 위해 붙잡는 일도 아닙니다. 시험을 준비하듯 외우는 일도, 해석을 덧붙이기 위한 과정도 아닙니다. 그보다는 문장을 잠시 곁에 두는 일에 가깝습니다. 읽고 지나간 문장을 다시 불러 손끝에서 한 번 더 머무르게 하는 시간, 그 시간 동안 문장은 저마다의 모습으로 조용히 말을 걸어옵니다. 의미는 설명이 아니라 반복 속에서, 속도가 아니라 체온 속에서 드러납니다. 손끝에 남는 미묘한 감각이 문장을 오래 기억하게 합니다.

이 책에 실린 문장들은 설명을 위해 고른 것이 아닙니다. 제인 오스틴, 헤르만 헤세, 톨스토이, 다자이 오사무, 알베르 카뮈를 비롯한 세계문학 가운데 손으로 옮길 때 비로소 다른 얼굴을 드러내는 문장들을 골랐습니다. 빠르게 읽을 때는 미처 보이지 않던 호흡과 여백, 그리고 행간의 침묵이 쓰는 동안에야 비로소 느껴지는 문장들입니다. 눈으로 읽을 때와 손으로 쓸 때, 문장은 전혀 다른 속도로 다가옵니다. 때로는 같은 문장이 전혀 다른 말처럼 들리기도 합니다.

이 책은 완주를 목표로 하지 않습니다. 하루에 한 문장을 써도 좋고, 며칠에 한 페이지를 넘겨도 괜찮습니다. 중간에 멈추어도, 책장을 덮었다가 다시 돌아와도 괜찮습니다. 필사는 성취나 결과가 아니라 머무름과 반복에 가까운 일이기 때문입니다. 중요한 것은 얼마나 썼는지가 아니라 그 문장 앞에 얼마나 진득하게 머물렀는가입니다. 그 시간이 길든 짧든, 문장이 남았다면 충분합니다.

이 책이 누군가에게는 하루를 정리하는 시간이 되기를 바랍니다. 또 누군가에게는 흩어진 말과 생각을 다시 제자리에 놓는 시간이 되기를 바랍니다. 무엇보다 이 책이 문장과 독자가 직접 만나는 조용한 자리가 되기를 바랍니다. 설명 없이도 문장이 말을 걸고, 독자가 자신의 속도로 응답할 수 있는 자리이기를 바랍니다. 그 만남이 부담이 아니라 휴식이 되기를 바랍니다.

문장을 쓰는 동안 시간은 조금 느려집니다. 그 느려진 시간 속에서 각자의 속도로 자신만의 문장을 만나길 기원합니다. 급히 이해하려 애쓰지 않아도, 오래 붙잡고 있지 않아도 괜찮습니다. 그저 문장이 곁에 머무는 순간을 허락해 보세요. 이 책이 그 만남을 위한 작은 계기가 되어, 문장이 삶 속으로 자연스럽게 스며들고 일상의 속도를 잠시 늦추며 마음에 머물 수 있는 자리를 내어주기를 바랍니다.

2026년 2월

윤서진

지금 당신은 세계문학의 문장들 앞에 서 있습니다.
오늘부터 하루 한 문장, 눈으로 읽고 손으로 옮겨 적는 이 시간을
기록해 보세요. 하루를 비워두어도 괜찮고,
마음이 닿는 날에만 펜을 들어도 좋습니다.
이 100일이 끝날 즈음, 당신의 시간 곳곳에 문장이
조용히 머물러 있을 것입니다.

1	2	3	4	5	6	7	8	9	10
/	/	/	/	/	/	/	/	/	/
11	12	13	14	15	16	17	18	19	**20**
/	/	/	/	/	/	/	/	/	/
21	22	23	24	25	26	27	28	29	30
/	/	/	/	/	/	/	/	/	/
31	32	33	34	35	36	37	38	39	**40**
/	/	/	/	/	/	/	/	/	/
41	42	43	44	45	46	47	48	49	50
/	/	/	/	/	/	/	/	/	/
51	52	53	54	55	56	57	58	59	**60**
/	/	/	/	/	/	/	/	/	/
61	62	63	64	65	66	67	68	69	70
/	/	/	/	/	/	/	/	/	/
71	72	73	74	75	76	77	78	79	**80**
/	/	/	/	/	/	/	/	/	/
81	82	83	84	85	86	87	88	89	90
/	/	/	/	/	/	/	/	/	/
91	92	93	94	95	96	97	98	99	**100**
/	/	/	/	/	/	/	/	/	/

(2장) 문장이 나를 부르다

3장 읽지 않고 쓰기 시작하다

4장 쓰는 동안 머무르다

5장 문장이 남기고 간 것들

1장

손이 마음을
따라가다

안나 카레니나

행복한 가정은 비슷한 모습을 하고 있지만,
불행한 가정은 저마다 다른 모습으로 불행하다.

___

레프 톨스토이

황야의 이리

나는 오랫동안 고독을 원해왔다. 그것은 누구에게도 예속되지 않는 상태였고, 나 자신에게만 속하는 자유였다. 마침내 그 고독을 손에 넣었을 때, 나는 그것이 따뜻한 위안이 아니라 차가운 평정이라는 사실을 알게 되었다. 고독은 고요했고, 냉정했으며, 나를 시험했다. 그 고독 속에서 나는 별들이 궤도를 따라 움직이는 차가운 우주를 떠올렸다. 그 질서와 침묵은 놀라울 만큼 위대했고, 인간의 소란과는 거리가 멀었다. 나는 그 거리 속에서 숨을 고를 수 있었고, 스스로를 견딜 수 있었다. 고독은 나를 보호하지 않았지만, 나를 자유롭게 했다.

———

헤르만 헤세

인간 실격

부끄러움이 많은 생애를 살아왔습니다.

나에게는 인간의 삶이라는 것이

도무지 이해되지 않습니다.

———

다자이 오사무

작은 아씨들

관절이 굳어 늙고,

목발을 짚고 다녀야 하는 날이

올 때까지 난 계속 뛰어다닐 거야.

언니, 날 철들게 하려고 서두르지 마.

사람은 하루아침에 달라질 수 없잖아.

언니가 갑자기 변해버린 것만으로도 벅찬데,

나까지 어른이 되라고 하지는 말아줘.

나는 할 수 있는 한 오래, 아이로 남고 싶어.

___

루이자 메이 올컷

카라마조프가의 형제들

자기 자신에게 거짓말을 하지 마라.

자기 자신에게 거짓말을 하고

그 거짓말을 스스로 믿기 시작한 사람은

결국 자기 안에서도,

자기 주변에서도 진실을 가려내지 못한다.

그러면 그는 자기 자신도 존중하지 못하고,

타인도 존중하지 못한다.

누구도 존중하지 않으면

사람은 사랑하는 능력마저 잃는다.

그리고 사랑하지 못하는 사람은

자신을 달래고 시간을 보내기 위해

욕망과 저급한 쾌락에 빠져들고,

마침내는 자신의 악덕 속에서

짐승 같은 상태에 이른다.

―

표도르 도스토옙스키

키다리 아저씨

주디는 요즘 자신이 무엇 때문에 행복한지 곰곰이 생각해 보았다고
편지에 적었다. 특별한 사건이 있어서라기보다는, 하루하루의
생활이 차분히 자리를 잡아가고 있었기 때문이다. 창가로 스며드는
햇빛, 수업이 끝난 뒤의 짧은 산책, 식탁 위에 놓인 소박한 음식들이
하루를 충분히 채워주었다. 그녀는 지나간 시간을 되돌아보며
마음을 소모하지 않았고, 오지 않은 내일을 걱정하느라 오늘을
비워두지도 않았다. 지금 손에 쥔 시간과 경험을 성실하게 사용하는
일 자체가 삶을 보람 있게 만들어주었다. 주디는 이 단순한
태도 속에서 자신이 배운 게 바로 행복이라고 느꼈다.

진 웹스터

지킬 박사와 하이드 씨

나는 오래전부터 인간이 본질적으로

하나가 아니라 둘이라는 사실을 깨닫고 있었다.

나는 스스로를 엄격하게 훈련시키며 살아왔고,

세상이 존중하는 삶의 규범을 충실히 따르려 애써왔다.

그러나 그와 동시에 내 안에는

내가 숨기고자 했던 또 다른 삶이 존재했다.

이 두 성향은 나의 얼굴에서 번갈아 나타났고,

내 행동과 욕망 속에서 서로 다투고 있었다.

나는 이 둘을 분리해 낼 수만 있다면

삶은 훨씬 더 가벼워질 것이라고 믿었다.

각 부분은 자기 몫의 삶을 살 수 있으리라고 생각했다.

그러나 그 결과는 내가 기대했던 해방이 아니었다.

분리는 곧 지배로 이어졌고, 내가 통제하려 했던 것이

점점 나를 통제하기 시작했다.

———

로버트 루이스 스티븐슨

빨간 머리 앤

앤은 사랑이 사람을 바꾸되,

억지로 바꾸지 않는다는 것도 알게 되었다.

누군가를 사랑한다는 건

그를 다른 사람으로 만들려는 게 아니라,

그 사람이 자기 자신이 될 수 있도록 기다려주는 일이었다.

그래서 앤은 사랑받는다는 느낌을 받을 때마다

세상을 더 진지하게, 더 성실하게 살아야겠다고 다짐했다.

___

루시 모드 몽고메리

곰돌이 푸

피글렛은 작고 겁이 많은 돼지였지만

푸에게는 세상에서 가장 용감한 친구였다.

왜냐하면 피글렛은 늘 푸 곁에 있었기 때문이다.

무서울 때도, 혼자 남겨질 것 같을 때도

피글렛은 도망치지 않고 함께 남아 있었다.

푸는 문득 깨달았다.

행복이란 멀리서 찾아오는 게 아니라는 것을,

지금 옆에 있는 존재를 알아보는 마음이라는 것을.

그래서 그는 그날도 평소처럼 말했다.

"피글렛, 네가 있어서 참 다행이야."

———

A. A. 밀른

무기여 잘 있거라

전쟁이 계속되는 동안 용기, 명예, 신성함, 희생 같은 말들은
점점 의미를 잃었다. 그런 말들은 지도 위에 적힌 강의 이름이나
숫자처럼 느껴졌다. 실제로 의미를 지닌 것은 사람들이 겪은
고통과 피로 그리고 죽음이었다.
나는 사랑에 대해 생각했다. 사랑은 사람을 다치게 할 수 있고,
끝내는 망가뜨릴 수도 있었다. 그럼에도 사랑은 우리가 왜 견디고
있는지를 묻게 했다. 그 질문이 남아 있는 동안, 삶은 잠시나마
인간적인 모습을 되찾았다.

어니스트 헤밍웨이

주문이 많은 요리점

본 가게는

주문이 많은 요리점이니

부디 그 점을 양해해 주시기 바랍니다.

주문의 수가 많은 것은 아닙니다.

다만 주문의 종류가 매우 많을 뿐입니다.

그리고 이 안으로 들어오실 때에는

신발을 벗어주십시오.

____

미야자와 겐지

봄봄

그 전날 왜 내가 새고개 맞은 봉우리 화전밭을

혼자 갈고 있지 않았느냐.

밭 가생이로 돌 적마다 야릇한 꽃내가

물컥물컥 코를 찌르고 머리 위에서

벌들은 가끔 붕, 붕, 소리를 친다.

바위 틈에서 샘물 소리밖에 안 들리는

산골짜기니까 맑은 하늘의 봄볕은

이불 속같이 따스하고 꼭 꿈꾸는 것 같다.

나는 몸이 나른하고 (몸살을 아직 모르지만)

병이 나려고 그러는지 가슴이 울렁울렁하고 이랬다.

———

김유정

피터 래빗

"애들아!"

어느 날 아침, 늙은 토끼 부인이 말했습니다.

"들판이나 오솔길로 가는 건 괜찮지만

맥그리거 아저씨의 정원에는 절대로 가지 말거라.

너희 아버지는 거기서 사고를 당했단다.

맥그리거 부인에게 붙잡혀 파이 속에 들어가고 말았지."

그러고는 늙은 토끼 부인은 바구니와 우산을 들고

숲을 지나 빵집으로 갔습니다.

착한 토끼 플롭시와 몹시와 코튼테일은

오솔길로 내려가 블랙베리를 따러 갔지만,

아주 말썽꾸러기였던 피터는

곧장 맥그리거 아저씨의 정원으로 달려가 버렸습니다.

———

비어트릭스 포터

오만과 편견

재산이 넉넉한 독신 남자에게

반드시 아내가 필요하다는 사실은

누구나 인정하는 보편적 진리이다.

———

제인 오스틴

부활

그는 사랑이 무엇을 요구하는지 이해하게 되었다. 사랑은 기쁨을

얻기 위한 감정이 아니라는 판단을 넘어, 다른 사람의 삶을

자기 삶처럼 받아들이고 그 결과에 책임을 지는 태도로 다가왔다.

그런 사랑에는 자기 자신을 내려놓는 결단이 뒤따랐다.

이 사실을 깨닫는 순간, 그는 이전과 같은 방식으로 살아갈 수 없다고

느꼈다. 자기의 안락함을 삶의 중심에 둘 수 없었고, 한 인간이

인간답게 살아갈 수 있도록 자기 삶을 내어놓아야 한다고 생각했다.

———

레프 톨스토이

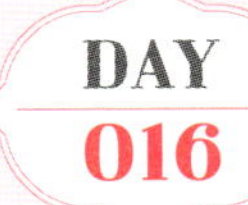

아Q정전

아Q의 인생에서 가장 중요한 것은

언제나 패배하지 않는 것이었다.

설령 얻어맞고 모욕을 당해도

그는 마음속에서 이미 승리를 선언했다.

'이건 내가 나 자신을 때린 셈이지.'

이렇게 생각하는 순간, 현실의 굴욕은 신기하게도 사라졌다.

그는 세상과 다투는 법을 몰랐지만,

자기 자신을 속이는 법만큼은 누구보다 능숙했다.

___

루쉰

데미안

새는 알에서 나오기 위해 투쟁한다.

알은 세계다.

태어나기를 원하는 자는

하나의 세계를 파괴해야 한다.

____

헤르만 헤세

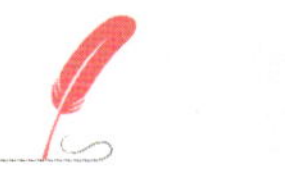

외투

아카키 아카키예비치에게 외투는 단순한 물건이 아니었다.

그것은 혹독한 추위로부터 몸을 지켜주는 장비였고, 동시에 사람들

사이에서 자신이 존재하고 있음을 보여주는 표식이었다. 새 외투를

입은 날, 그는 이전과는 다른 시선들을 느꼈고, 잠시 동안 자신도

이 도시의 생활 속에 포함되었다고 생각했다.

그러나 그 기분은 오래 지속되지 않았다. 외투는 강도에게 빼앗겼고,

그와 함께 그가 품었던 기대도 사라졌다. 그는 도움을 구했으나,

만난 사람들은 규정과 체면을 내세우며 냉담한 말만 되돌려 주었다.

그때 그는 이해하게 되었다. 이 도시에서는 외투를 잃은 인간에게

연민을 베풀지 않는다는 사실을.

———

니콜라이 고골

이방인

오늘, 엄마가 죽었다. 아니면 어제였을지도 모른다.

나는 양로원으로부터 전보를 한 통 받았다. '모친 사망. 내일 장례식.

삼가 애도를 표합니다.' 이것만으로는 아무런 의미가 없었다.

아마 어제였을 것이다.

———

알베르 카뮈

예언자

사랑이 그대를 부를 때 그를 따르라.

비록 그 길이 가파르고 험하더라도.

사랑이 그대를 감싸 안을 때 그에게 몸을 맡기라.

그의 날개에 숨은 칼이 그대에게 상처를 입힐지라도.

사랑은 그대를 성장시키기 위해 그대를 꺾는다.

사랑은 그대를 높이 들어 올리기 위해 그대를 비운다.

곡식이 타작마당에서 껍질을 벗고, 체에 걸러지고,

불에 그슬려 마침내 빵이 되듯, 사랑 또한 그대를 그렇게 빚는다.

사랑은 주지도 빼앗지도 않는다. 사랑은 오직 자기 자신만을 준다.

그러므로 사랑을 소유하려 들지 말라.

사랑이 그대를 소유하도록 하라.

사랑은 그대의 생각을 채우지 않고 그대의 가슴을 채운다.

그대는 사랑 안에서 자유롭다 하겠지만

실은 사랑 안에서 더 깊이 묶인다.

그 묶임이야말로 인간을 인간답게 하는 가장 고귀한 속박이다.

칼릴 지브란

2장

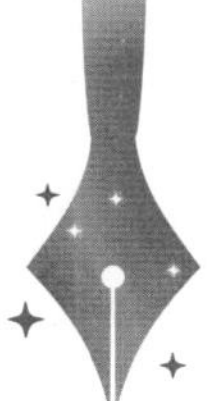

문장이
나를 부르다

노인과 바다

인간은 패배하도록 만들어진 존재가 아니다.

인간은 파괴될 수는 있어도, 패배하지는 않는다.

———

어니스트 헤밍웨이

설득

앤 엘리엇은 온화하고 사려 깊은 성품을 지녔으며, 타인의 의견에 귀를 기울일 줄 아는 사람이었다. 그녀는 자기 판단을 고집하기보다 주변의 충고를 숙고했고, 그러한 성향은 그녀의 결정에 깊은 영향을 미쳤다. 이 기질은 존경받을 만한 것이었으나, 동시에 그녀를 지나치리만큼 쉽게 설득당하도록 만들기도 했다. 그 결과 그녀는 자신의 감정보다 타인의 판단을 앞세우는 선택을 하게 되었다.

___

제인 오스틴

나는 고양이로소이다

인간이라는 존재를 가만히 살펴보면 참으로 이상하다.

자유를 말하면서도 스스로에게 번거로운 규칙을 씌우고,

편안함을 바라면서도 굳이 불편한 쪽을 택한다.

행복을 원한다고 하면서도

체면과 허영에 얽매여 스스로를 괴롭힌다.

그러한 모순을 자각하지 못한 채,

자신들은 이성적이며 합리적으로 살아간다고 믿는다.

내 눈에 비친 인간은 스스로 만든 굴레 속에서

분주하게 움직이며 그 굴레가 자신을 옭아매고 있다는

사실조차 잊어버린 존재였다.

———

나쓰메 소세키

어느 인생

잔느는 인생이 기쁨으로 가득 차 있으리라 믿었다. 젊음은 끝없이 이어질 것처럼 느껴졌고, 앞날은 약속으로 반짝였다. 그러나 날들이 지나가면서 그녀는 하나씩 깨닫게 되었다. 기대는 조금씩 빛을 잃었고, 기쁨은 불안과 함께 찾아왔다. 행복은 오래 머물지 않았으며, 잠시 나타났다 사라지는 손님처럼 느껴졌다. 사람들은 변했고, 마음은 식었으며, 사랑이라 여겼던 감정은 점차 습관과 의무의 형태를 띠었다. 삶은 곧게 이어지지 않았고, 돌아가며 같은 고통을 되풀이했다. 그럼에도 잔느의 마음속에는 희망이 남아 있었다. 삶이 언젠가는 자신에게 부드러워질 것이라는 막연한 기대였다.

———

기 드 모파상

크리스마스 선물

그녀가 울먹이며 말했다.

"그런 눈으로 보지 마. 당신에게 선물을 주지 않고는 크리스마스를

보낼 수 없어서 머리카락을 잘라 팔았어. 다시 자랄 거야. 괜찮지?

어쩔 수 없었어. 머리카락이 엄청 빨리 자라거든.

'메리 크리스마스!'라고 말해, 짐. 그리고 우리 행복하게 지내자.

내가 당신을 위해 얼마나 멋진, 얼마나 아름다운 선물을 준비했는지

당신은 모를 거야."

그는 그 명백한 사실을 아직 깨닫지 못한 듯 힘겹게 물었다.

"머리를 잘랐다고?"

"팔았어. 정말이야. 크리스마스이브잖아. 나한테 잘해줘.

당신을 위해 판 거니까. 내 머리카락 수는 셀 수 있을지 몰라도……."

그녀는 갑자기 진지하고 다정한 목소리로 말을 이었다.

"내 사랑은 누구도 셀 수 없을 거야."

———

오 헨리

죄와 벌

소냐는 비명을 지르며 두 손으로 얼굴을 가렸다.

온몸이 떨렸고, 그 자리에 서 있을 힘조차 잃은 듯 보였다.

그는 그녀를 보지 않은 채 말을 이었다.

"나는 나폴레옹이 되고 싶었어. 허락받은 인간이 되고 싶었지.

그래서 한 사람의 목숨을 넘어서 보려고 했어. 인간을 죽였다고

생각하지 않았어. 하나의 원칙을 실행했다고 여겼지."

그는 잠시 말을 멈췄다. 숨을 고르듯 침묵이 흘렀다.

"결국 나는 넘지 못했어. 그 경계를 넘지 못하고 이쪽에 남아 있었어."

표도르 도스토옙스키

위대한 유산

나는 이성에 맞서 그녀를 사랑했고, 약속에 맞서 사랑했으며,

평온과 희망 그리고 행복에 맞서 사랑했다. 어떤 경고와 좌절이

있어도 그 사랑을 멈출 수는 없었다.

나는 슬프게도, 그리고 수없이 반복해, 그녀가 차갑고 감사할 줄

모르는 사람이며 그녀의 다정함 속에 내가 설 자리는 없다는 사실을

알고 있었다. 그 사실을 알면서도 나는 그녀를 덜 사랑하지 못했다.

오히려 그 사실을 알고 있다는 점이 나를 더 깊이 괴롭게 했다.

그럼에도 나는 이성에 맞서, 약속에 맞서, 평온과 희망과 행복에

맞서 끝내 그녀를 사랑했다.

찰스 디킨스

허클베리 핀의 모험

나는 한참을 망설였다.

사람들이 말하는 옳음과

내 마음이 말하는 옳음 사이에서 갈팡질팡했다.

그리고 마침내 결심했다.

설령 그것이 죄라 불린다 해도

내 마음이 시키는 대로 하겠다고.

세상이 나를 나쁘다고 말한다면,

그럼 지옥에 가도 좋다고.

———

마크 트웨인

닥터 지바고

인간은 삶을 준비하는

존재로 태어난 것이 아니다.

인간은 살아가기 위해 태어났다.

———

보리스 파스테르나크

위대한 개츠비

내가 더 젊고 마음이 여렸던 시절,

아버지는 내게 한 가지 충고를 해주셨다.

나는 그 말을 그때 이후로

줄곧 마음속에서 되새기고 있다.

"누군가를 비판하고 싶어질 때마다

이 세상의 모든 사람이 네가 누려온 것과 같은

혜택을 누린 것은 아니라는 사실을 기억하거라."

———

F. 스콧 피츠제럴드

로빈슨 크루소

나는 내가 처한 상황에서 밝은 면을 더 오래 바라보고, 어두운 면은 조금 덜 들여다보는 법을 배웠다. 또한 내게 부족한 것보다 이미 누리고 있는 것을 떠올리려 애썼다. 그것이 때로는 말로는 다 전할 수 없는 은밀한 위안이 되었다. 이 이야기를 굳이 여기서 꺼내는 이유는 하나다. 하나님이 주신 것을 편히 누리지 못한 채, 주어지지 않은 것을 탐내며 불평하는 이들에게 전하고 싶어서다. 우리가 '가진 것이 없다'고 느끼는 모든 불만은 사실, 이미 '가지고 있는 것'에 대한 감사가 부족한 데서 비롯된다는 사실을 나는 깨달았다.

———

대니얼 디포

메밀꽃 필 무렵

조선달 편을 바라는 보았으나 물론 미안해서가 아니라 달빛에
감동하여서였다. 이지러는 졌으나 보름을 갓 지난 달은 부드러운
빛을 흐뭇이 흘리고 있다. 대화까지는 팔십 리의 밤길, 고개를 둘이나
넘고 개울을 하나 건너고 벌판과 산길을 걸어야 된다. 길은 지금
긴 산허리에 걸려 있다. 밤중을 지난 무렵인지 죽은 듯이 고요한
속에서 짐승 같은 달의 숨소리가 손에 잡힐 듯이 들리며, 콩 포기와
옥수수 잎새가 한층 달에 푸르게 젖었다. 산허리는 온통
메밀밭이어서 피기 시작한 꽃이 소금을 뿌린 듯이 흐뭇한 달빛에
숨이 막힐 지경이다. 붉은 대궁이 향기같이 애잔하고 나귀들의
걸음도 시원하다. 길이 좁은 까닭에 세 사람은 나귀를 타고 외줄로
늘어섰다. 방울 소리가 시원스럽게 딸랑딸랑 메밀밭게로 흘러간다.
앞장선 허 생원의 이야기 소리는 꽁무니에 선 동이에게는 확적히는
안 들렸으나, 그는 그대로 개운한 제멋에 적적하지는 않았다.

———

이효석

은하철도의 밤

은하철도는 하나의 별자리 역을 지나 또 다른 역으로 나아갔다.

어떤 사람들은 환한 얼굴로 기차에서 내렸고, 어떤 사람들은

조용히 자리에 남아 창밖을 바라보았다. 작별의 순간은 쓸쓸했지만,

조반니는 그 작별이 헛되지 않으려면 각자가 더 나은 곳을 향해 가고

있어야 한다는 생각을 품게 되었다. 이 길 위에서 이루어지는 만남과

헤어짐은 모두 배움의 일부였다. 그는 그 사실을 아직 분명히 말로

할 수는 없었으나, 마음속 어딘가에서 조용히 이해하고 있었다.

———

미야자와 겐지

어린 왕자

네가 오후 네 시에 온다면

나는 세 시부터 행복해지기 시작할 거야.

시간이 가까워질수록

나는 점점 더 행복해질 거고,

네 시가 되면

벌써 마음이 설레고 조마조마해질 거야.

그때 나는 행복의 값을 알게 되겠지.

———

앙투안 드 생텍쥐페리

오즈의 마법사

그들 앞에는 새로운 나라가 펼쳐져 있었다.

땅에는 꽃이 빽빽이 피어 있었고,

길은 노란 벽돌로 포장되어 있었다.

그 노란 벽돌길은 위대한 오즈의 마법사가 사는

에메랄드 성으로 이어져 있었다.

"노란 벽돌길을 따라가렴."

글린다는 말했다.

"그 길이 너를 에메랄드 성으로 데려다줄 거야."

도로시는 선한 마녀의 모든 친절에 감사의 인사를 전한 뒤,

작별을 고하고 여행길에 올랐다.

길은 매끄럽고 잘 닦여 있었으며,

때로는 들판 사이를 굽이쳐 나아가고,

또 때로는 강가의 푸른 둔덕을 따라 이어졌다.

———

라이먼 프랭크 바움

벚꽃 동산

보세요. 이 집, 이 벚꽃 동산,

여기에는 수많은 인간의 땀과 눈물이 스며 있습니다.

그러나 우리는 그 사실을 보지 않으려 합니다.

우리는 과거의 아름다움에만 도취해

그 아름다움이 누구의 희생 위에 세워졌는지는 묻지 않습니다.

인류는 앞으로 나아가고 있습니다.

느리게, 때로는 비틀거리면서도, 분명히 앞으로 나아가고 있어요.

그리고 언젠가는 지금 우리가 상상조차 하지 못하는

밝은 진리에 다다를 겁니다. 하지만 그 길은 쉽지 않습니다.

그 길에는 노동이 있고, 고통이 있고,

자신의 삶을 정직하게 바라볼 용기가 필요합니다.

우리는 아직 그 문 앞에 서 있을 뿐이에요.

문을 열지는 못했습니다. 그러나 언젠가는, 반드시 열릴 겁니다.

그날이 오면, 인간은 더 이상 과거에 매달리지 않고

미래를 두려워하지도 않게 될 것입니다.

———

안톤 체호프

싯다르타

어떤 사람이 무언가를 찾고 있을 때는

그의 눈이 그가 찾는 것만을 보게 되기 쉽다.

그는 자신이 찾는 것만을 생각하고

하나의 목표만을 품은 채

그 목표에 사로잡혀 있기 때문에

아무것도 발견하지 못하고

아무것도 받아들이지 못한다.

찾는다는 것은 목표를 갖는다는 뜻이다.

그러나 깨닫는다는 것은 자유로워진다는 것,

열린 마음으로 존재한다는 것,

아무 목표도 갖지 않는다는 뜻이다.

———

헤르만 헤세

주홍 글자

사람들은 그녀의 가슴에 달린 주홍 글자를 죄의 상징으로 보았지만,

헤스터에게 그것은 이미 다른 의미를 띠고 있었다. 그 표식은

그녀가 얼마나 깊이 살아왔는지를 증언하는 흔적이 되었고,

삶이 한 인간을 어떻게 바꾸는지를 보여주는 침묵의 기록이 되었다.

인생은 인간에게 상처를 남기지만, 동시에 그 상처를 통해

더 넓은 연민과 이해를 허락한다는 사실을 그녀는 알게 되었다.

———

너새니얼 호손

별에서 온 아이

별에서 온 아이는 자라면서 점점 더 강해졌고

마을의 다른 어떤 아이들보다도 더 아름다워졌다.

사람들은 그의 아름다움에 감탄하며

그를 '별의 아이'라고 불렀다.

그토록 아름다웠기에,

별에서 온 아이는 점점 교만하고 잔인해졌으며

이기적인 마음을 품게 되었고,

자신이 다른 모든 사람보다 낫다고 여겼다.

그는 가난한 이들을 멸시했고,

약하거나 장애가 있거나 눈먼 사람들을 업신여겼으며,

그들에게 돌을 던지고 쫓아내며

다른 곳으로 가서 구걸하라고 소리치거나

그 모습을 비웃곤 했다.

오스카 와일드

이반 일리치의 죽음

그는 문득, 지금까지 자신이 살아왔다고 여겨온 것이 참된 삶이
아니었을 가능성을 깨닫기 시작했다. 그의 삶은 사회가 요구하는
바에 정확히 부합하는 삶이었고, 사회가 승인한 모든 조건을
충족하고 있었다. 그는 언제나 사회가 옳다고 여기는 것만을
행했고, 그로 인해 자신이 옳게 살고 있다고 확신해 왔다. 그러나
이제, 죽음이 그를 바로 앞에서 기다리고 있는 이 순간에 이르러,
그 모든 확신은 아무런 의미도 지니지 못했다.
'그렇다면 내가 내 삶을 잘못 살아왔다는 말인가?'
이 생각은 그에게 공포로 다가왔다. 그는 즉시 자신을 변호하려 했다.
자신은 성실하게 일해왔고, 법을 어긴 적도 없으며, 사회적 규범을
충실히 따랐고, 비난받을 만한 명백한 잘못을 저지르지 않았다고.
안타깝게도 이러한 모든 근거는 그 자신에게조차 설득력을
갖지 못했다.

———

레프 톨스토이

3장

읽지 않고
쓰기 시작하다

백경

모든 것을 파괴하지만

정복되지는 않는 고래여,

나는 너를 향해 돌진한다.

———

허먼 멜빌

올리버 트위스트

소년은 식탁에서 일어섰다.

그리고 그릇과 숟가락을 손에 든 채 감독관 앞으로 걸어가

자기 자신의 대담함에 스스로 놀란 듯한 목소리로 말했다.

"부탁드립니다, 선생님. 조금만 더 주세요."

감독관은 살이 찌고 건장한 사내였는데,

그의 얼굴이 순식간에 창백해졌다.

그는 몇 초 동안 작은 반항아를 멍하니 바라보더니

몸을 지탱하기 위해 솥을 붙잡았다.

———

찰스 디킨스

도련님

나는 싸움을 좋아해서

도쿄에서 시코쿠까지 내려온 것이 아니다.

하지만 비겁한 인간을 보면

도무지 화가 나지 않을 수 없다.

빨간 셔츠의 수법은 겉으로는 온화한 체하지만,

실제로는 뒤에서 사람을 함정에 빠뜨리는 방식이다.

그런 비겁한 짓을 해놓고도 아무렇지 않은

얼굴을 하고 있는 모습을 보면,

나는 도저히 모른 척하고 넘어갈 수가 없다.

___

나쓰메 소세키

페스트

세상에 존재하는 악은

거의 언제나 무지에서 비롯되며

선의 또한 그것이 깨우침을 갖추지 못한다면

악의만큼이나 큰 해를 끼칠 수 있다.

___

알베르 카뮈

톰 소여의 모험

어른들은 톰에게 인생이란 참고 견디는 것이라고 가르쳤지만,
톰은 인생이란 발견하는 것이라고 생각했다. 담장에 페인트를
칠하는 일조차 마음만 먹으면 놀이가 될 수 있었다. 톰은 이 비밀을
누구보다 잘 알고 있었고, 그 비밀 덕분에 세상은 그에게 훨씬 넓고
흥미로운 장소가 되었다.

물론 톰은 자주 실수를 저질렀고, 그 실수들은 대개 곤경으로
이어졌다. 하지만 그는 곤경 속에서도 배움을 찾아냈다. 위험을
무릅쓴 모험이 끝나고 나면, 이전의 톰과는 다른 톰이 남아 있었다.
인생이란 때때로 감당할 수 있을 만큼의 위험을 통과하며 자라나는
과정임을 그는 몸으로 알고 있었다.

___

마크 트웨인

삶이 그대를 속일지라도

삶이 그대를 속일지라도

슬퍼하거나 노하지 말라.

우울한 날에는 참고 견뎌라.

기쁨의 날은, 믿건대, 반드시 오리니.

마음은 미래에 살고,

현재는 우울하다.

모든 것은 순간이며, 모두 지나간다.

지나간 것은 결국 사랑스러워진다.

—

알렉산드르 푸시킨

이성과 감성

마리앤은 사랑에서 열정이 빠진다면 그것은 더 이상 사랑이라
부를 수 없다고 말했다. 감정이 생생하게 살아 있지 않다면,
그 관계는 의무나 타협에 불과하다고 여겼다. 그녀에게 사랑은
전심으로 느끼고 전심으로 헌신하는 것이었다. 절제와 계산 속에서
유지되는 감정은 오래갈 수 있을지 모르지만, 마음을 움직이는 힘은
지니지 못한다.

그녀는 또 남성과 여성의 처지가 같지 않다고 생각했다. 남자들은
불쾌한 상황에 놓이면 그 자리에서 벗어날 선택지를 찾을 수 있지만,
여자의 행복은 우연과 타인의 결정에 훨씬 더 크게 의존한다.
그렇기에 여자는 자신의 감정을 가볍게 다루어서는 안 되며,
사랑에서조차 자신을 속여서는 안 된다고 믿었다.

———

제인 오스틴

월든

대다수 인간은 조용한 절망 속에서 삶을 산다.

사람들이 체념이라고 부르는 것은

이미 굳어버린 절망에 지나지 않는다.

절망에 빠진 도시에서 절망에 빠진 시골로 옮겨 가보아도,

얻는 것이라고는 몸의 부기나 류머티즘 같은 것뿐이다.

사람들이 놀이와 오락이라고 부르는 것들 속에도

정형화된 절망이 숨어 있으며,

그들 자신은 그것을 자각하지 못한다.

그 안에는 진정한 놀이가 존재하지 않는다.

놀이는 노동 뒤에 찾아오는 것이기 때문이다.

그러나 절망적인 일을 하지 않는 것,

바로 그게 지혜의 한 특징이다.

헨리 데이비드 소로

아버지와 아들

바자로프는 침대에 움직이지 않고 누워 있었다. 그의 얼굴은
창백했고, 눈빛은 이미 흐려져 있었다. 그는 안나 세르게예브나를
알아보고 잠시 그녀를 바라보았다.

"와주셔서 감사합니다." 그는 힘겹게 말했다.

"이제 작별입니다. 당신은 알고 계시겠지요. ……나는 당신을
사랑했습니다."

안나는 몸을 굽혀 그의 얼굴 가까이 다가갔다. 그녀의 눈에는 눈물이
맺혀 있었다. 바자로프는 미소 비슷한 것을 지으려 했으나, 그것은
곧 사라졌다.

"사랑은……" 그는 말을 잇지 못했다.

"사랑은 죽음보다 강합니다. 죽음에 대한 두려움보다도 강하지요."
그는 더 이상 말하지 않았다. 침묵이 흘렀다. 잠시 뒤 그의 숨이
끊어졌다. 모든 게 끝났다. 젊고, 재능 넘치고, 강인했던
한 인간의 생명이 인생의 한창때에 꺾이고 말았다.

———

이반 투르게네프

1984

4월의 밝고도 차가운 어느 날이었다.

시계들은 열세 시를 치고 있었다.

———

조지 오웰

제인 에어

당신은 내가 가난하고, 눈에 띄지 않으며,

수수하고, 왜소하다는 이유로

나에게 영혼도 마음도 없다고 생각하십니까?

당신은 잘못 생각하고 계십니다.

나는 당신만큼의 영혼을 가지고 있고,

마음 또한 당신만큼 충만합니다.

만약 신이 나에게 얼마간의 아름다움과 많은 부를 주셨다면,

나는 지금 내가 당신을 떠나기 힘든 만큼

당신이 나를 떠나기 어렵게 만들었을 것입니다.

지금 이 말을 하는 것은

내 영혼이 당신의 영혼에게 말하고 있기 때문입니다.

마치 우리가 둘 다 무덤을 지나 신의 발 앞에 서 있는 것처럼,

우리는 그곳에서 서로 동등합니다.

———

샬럿 브론테

배따라기

올라간다. 하늘에도 봄이 왔다. 하늘은 낮았다. 모란봉 꼭대기에 올라가면 넉넉히 만질 수가 있으리만큼 하늘은 낮다. 그리고 그 낮은 하늘보담은 오히려 더 높이 있는 듯한 분홍빛 구름은 뭉글뭉글 엉기면서 이리저리 날아다닌다.

———

김동인

라쇼몽

어느 날, 해 질 녘의 일이었다.

한 하인이 라쇼몽 아래에서 비가 그치기를 기다리고 있었다.

라쇼몽이 주작대로에 서 있는 이상, 이 남자 말고도

비가 그치기를 기다리는 사람이 몇은 있어도 좋을 법했다.

그러나 이 남자 말고는 아무도 없었다.

그 이유는 지난 이삼 년 동안 교토에는 지진, 돌풍, 화재,

기근 같은 재앙이 잇따라 일어났기 때문이다.

그리하여 도성 한복판의 쇠락은 보통이 아니게 되었다.

옛 기록에 따르면, 불상과 불구를 부수어

단청이 묻은 나무를 길가에 쌓아두고 장작으로 팔았다고 한다.

———

아쿠타가와 류노스케

마지막 수업

교회의 시계가 정오를 알렸을 때,

우리 창문 아래에서 프로이센 군대의 나팔들이 퇴각 신호를 울렸다.

아멜 선생님은 몹시 창백한 표정으로 자리에서 일어섰다.

나는 내 일생에서 그보다 더 위대한 사람을 본 적이 없다.

"얘들아." 그가 말했다. "나는…… 나는……."

그러나 무언가가 선생님이 계속 말하는 것을 막았다.

그는 칠판 쪽으로 몸을 돌려 분필을 집어 들고,

온 힘을 다해 가능한 한 크게 이렇게 썼다.

"프랑스 만세!"

그런 다음 그 자리에 서서 머리를 벽에 대고,

우리를 바라보지 않은 채 조용히 말했다.

"이제 끝이다. 가거라."

———

알퐁스 도데

태양은 다시 떠오른다

한 세대는 지나가고, 또 다른 세대가 오지만
땅은 영원히 그대로 남아 있다.
태양은 다시 떠오르고, 다시 지며,
떠올랐던 자리로 서둘러 돌아간다.
바람은 남쪽으로 불다가 북쪽으로 돌아서고,
끊임없이 소용돌이치며
자신의 길을 따라 다시 되돌아온다.

___

어니스트 헤밍웨이

갈매기

나는 갈매기야……. 아니, 그게 아니야…….

나는 배우야. 그래…… 이제야 알겠어, 코스챠.

우리가 하는 일이 무대에서 연기하든

글을 쓰든 상관없이 중요한 건 명성이 아니야.

화려함도 아니며, 내가 꿈꾸던 그런 것이 아니야.

중요한 건 견디는 힘이야.

자기 십자가를 지고 믿음을 잃지 않는 것.

___

안톤 체호프

도리언 그레이의 초상

유혹에서 벗어나는 유일한 방법은
그 유혹에 굴복하는 것이다.

———

오스카 와일드

보스턴 사람들

랜섬은 사상보다 삶을 더 신뢰하는 사람이었다. 그는 개혁적인

거대한 계획들이 대개 현실을 지나치게 단순화한다고 여겼다.

현실의 세계는 거칠고 단단하여, 그것을 손에 쥐고 다시 빚어내려는

시도에는 늘 위험이 따른다고 그는 생각했다. 인간의 삶은 하나의

공식이나 체계에 맞춰 재배열할 수 있는 재료가 아니었다.

그래서 그는 계획보다 관찰을, 선언보다 신중함을 택했다. 선의를

앞세운다 해도 삶을 성급한 이념의 틀에 끼워 맞추는 일은

사람들에게 상처를 남길 수 있다고 보았다. 그에게 중요한 것은

세상을 고치는 설계도가 아니라, 인간이 이미 살아가고 있는

방식이 지닌 무게였다.

―――

헨리 제임스

80일간의 세계일주

필리어스 포그는 아무것도 잃지 않았다.

그는 단 하루도 허투루 쓰지 않았고,

어느 하루도 낭비하지 않았다.

그는 동쪽으로 여행하면서 하루를 더 얻었고,

바로 그 하루가 그의 승리를 가능하게 했다.

만약 서쪽으로 여행했다면 하루를 잃었을 것이다.

이것이 바로 그를 거의 평생의 행복에서

멀어지게 할 뻔했던 그 수수께끼 같은 착오의 전부였다.

———

쥘 베른

전쟁과 평화

진짜 삶은 크고 장엄한 말 속에 있지 않았고, 매일 마주치는

사람들과의 관계 속, 오늘 해야 할 일 속에 숨어 있었다.

 삶은 그에게 분명한 해답을 제시하지 않았지만, 하루하루를

어떻게 살아가야 하는지는 조용히 가르쳐주고 있었다.

그래서 피에르는 더 이상 인생을 설명하려 하지 않았고,

그저 오늘을 정직하게 살아내려고 했다.

———

레프 톨스토이

4장

쓰는 동안

머무르다

마지막 잎새

워싱턴 스퀘어 서쪽에 작은 마을 하나가 있다. 사람들은 그곳을 '그리니치 빌리지'라고 부른다. 이 마을의 거리들은 방향을 잃은 채 제멋대로 꼬여 있고, 길은 자주 갈라졌다가 다시 만난다. 그중 어떤 거리들은 한 번 꺾였다가 자기 자신과 다시 마주치기도 한다. 그래서 화가들은 그곳을 사랑했다. 배달부는 길을 헤매다 종종 한 집을 두 번 지나치기도 했고, 경찰은 주소를 찾느라 애를 먹었다.

그 마을에 예술가들이 몰려들었다. 가난한 화가들이 북쪽에서 내려와 오래된 벽돌집의 꼭대기 층을 빌렸다. 그곳에는 화랑과 카페 그리고 젊은 예술가들의 꿈과 희망이 있었다.

오 헨리

데이비드 코퍼필드

어느 날 밤, 깊은 잠에서 깨어났을 때

나는 내가 몹시 울고 있다는 것을 알았다.

내가 얼마나 오래 그렇게 흐느끼고 있었는지는 알 수 없다.

다만 주위를 둘러보았을 때, 날이 밝아오고 있었다.

나는 침대에서 내려와 살금살금 어머니 방으로 갔다.

어머니는 침대에 누워 계셨다. 몹시 창백하고 고요했다.

사랑스러운 얼굴은 빛을 향해 있었고, 미소를 띠고 계셨다.

나는 그때, 어머니가 돌아가셨다는 것을 알았다.

———

찰스 디킨스

풀베개

지혜로 움직이면 모가 난다.

감정에 노를 맡기면 떠내려간다.

고집을 끝까지 밀면 갑갑하다.

하여간에 인간 세상은 살기 어렵다.

———

나쓰메 소세키

야간비행

밤은 도시 위에 내려앉아 있었지만, 모든 게 잠든 것은 아니었다.

어둠 속에서도 불빛들은 사라지지 않았고, 지상에서는 몇 개의 창이

여전히 깨어 있었다. 하늘에는 별들이 차갑게 빛났고, 그 빛은 인간의

잠과는 무관하게 자신의 자리를 지키고 있었다.

비행은 그 어둠을 가로질렀다. 조종사는 계기판의 희미한 빛과

멀리서 반짝이는 신호에 의지해 나아갔다. 그는 밤이 모든 것을

삼킨다고 믿지 않았다. 책임을 지닌 인간이 깨어 있는 한

밤은 완전히 닫히지 않는다고 느꼈다.

리비에르는 이 침묵 속에서 인간의 임무를 생각했다. 세계는 차갑고

무정했지만, 바로 그렇기 때문에 인간의 결단은 의미를 얻었다.

꺼져가는 불빛 하나, 하늘의 별 하나가 남아 있는 한 그 비행은

계속되어야 했다. 그는 그 사실을 의심하지 않았다.

———

앙투안 드 생텍쥐페리

밤은 부드러워라

어떤 사람들은 상처가 치유되었다고 말한다.

그들은 그것을 흉터라고 부르며, 지나간 일처럼 다룬다.

그러나 개인의 삶에서는 그런 흉터가 존재하지 않는다.

남아 있는 것은 언제든 다시 느낄 수 있는 상실뿐이다.

상처는 작아질 수는 있어도, 사라지지는 않는다.

그 상실은 손가락 하나를 잃거나,

한쪽 눈의 시력을 잃은 것과 비슷하다.

처음에는 그 결손을 의식하지 못할 수도 있다.

일 년이나 이 년이 지나도록, 삶은 이전과

다르지 않게 흘러가는 것처럼 보인다.

그러나 어느 순간, 그 상실은 분명하게 감각된다.

그때에는 그것을 되돌릴 방법이 없다.

———

F. 스콧 피츠제럴드

죽은 혼

한때 그는 검소하고 근면한 가장이었다. 집안에는 질서가 있었으며, 이웃들의 존경도 받았다. 그러나 시간이 흐르면서 그의 마음속에서는 무언가가 점점 굳어갔다. 작은 절약은 집착이 되었고, 신중함은 의심으로 변했으며, 결국 그는 모든 것을 움켜쥐는 사람이 되었다.

그는 살아 있었으나, 삶 속에는 생기가 남아 있지 않았다. 인간에게서 인간적인 것이 하나씩 떨어져 나가고, 대신 무감각과 계산만이 자리를 차지했다. 그는 사람들을 보지 못했고, 오직 물건과 숫자만을 보았다. 그의 영혼은 육체와 함께 움직였으되, 더 이상 반응하지 않았다.

이런 상태의 인간은 죽은 자보다 더 섬뜩하다. 죽은 자는 침묵 속에 머물지만, 이런 인간은 걸어 다니며 말하고 행동한다. 그러나 그 말과 행동에는 연민도, 부끄러움도, 살아 있는 마음의 떨림도 없다. 그것은 이미 굳어버린 혼이 세상 속을 배회하는 모습이었다.

———

니콜라이 고골

바람과 함께 사라지다

어쨌든,

내일은 또 다른 날이니까.

___

마거릿 미첼

압살롬, 압살롬!

어쩌면 어떤 일도

단 한 번 일어나고 끝나는 법은 없는지도 모른다.

과거는 결코 죽지 않는다.

그것은 아직 지나가지도 않았다.

___

월리엄 포크너

백치

사랑에 사로잡힌 사람은 단지 이성을 잃는 데서 그치지 않는다.

그는 동시에 자기 자신이 이성적이라고 믿는 능력마저 잃어버린다.

이런 상태에 놓이면 가장 현명하다고 여겨지는 사람조차

어린아이와 다름없는 행동을 하게 된다.

그에게는 있을 수 없는 일에 대한 희망이

점점 더 확고한 확신으로 바뀌고,

그러한 확신은 아무리 명백한 증거 앞에서도 흔들리지 않는다.

이때 인간은 판단력을 잃었다는 사실조차 깨닫지 못한 채,

오히려 그 판단을 자신의 가장 깊은 진실이라고 믿는다.

———

표도르 도스토옙스키

젊은 베르테르의 슬픔

사랑이 없었다면,

이 세계가 나에게 무엇이겠는가.

모든 것이 보이기는 하나,

그 무엇도 나의 마음에 닿지 않는다.

___

요한 볼프강 폰 괴테

맨스필드 파크

이기심이라는 것은 언제나 용서해야 하는 법이에요.

아시다시피, 그것을 고칠 희망은 전혀 없으니까요.

세상에는 어쩌면 당신이나 내가 완벽하다고 부를 만한 사람이

천 명 중 한 명쯤은 있을지도 모르겠지요.

하지만 그렇다고 해서 그런 사람들만이

우리의 존중을 받을 자격이 있는 것은 아니에요.

———

제인 오스틴

편지

누나!
이 겨울에도
눈이 가득히 왔습니다.

흰 봉투에
눈을 한 줌 넣고
글씨도 쓰지 말고
우표도 붙이지 말고
말쑥하게 그대로
편지를 부칠까요?

누나 가신 나라엔
눈이 아니 온다기에.

___

윤동주

사양

나는 새로운 도덕을 원합니다.

내가 말하는 도덕 혁명이란, 세상을 바꾸는 이론이 아니라

내 삶을 내가 책임지는 방식의 변화입니다.

사랑하는 사람의 아이를 낳아 기르고 싶습니다.

그 일이야말로 내 도덕 혁명의 완성이라고 나는 믿습니다.

설령 당신이 나를 잊는다 해도,

설령 당신이 술 때문에 파멸에 이른다 해도,

나는 그 사실을 포함한 채로 살아갈 수 있을 것 같습니다.

나는 당신에게서 어떤 보상도 바라지 않습니다.

다만 내가 선택한 이 길을

나 자신의 의지로 끝까지 걸어가고자 합니다.

그것이 내가 생각한 새로운 도덕이며,

이 시대의 몰락 속에서 내가 붙잡은 마지막 신념입니다.

———

다자이 오사무

적과 흑

줄리앵은 곧 깨달았다. 이 사회에서 성공이란 재능이나 진실성에 대한 보상이 아니라 타인의 시선을 얼마나 정확히 계산하느냐에 달려 있다는 사실을. 사람들은 미덕을 존중한다고 말했지만, 그 미덕이 자신의 이해관계와 충돌하지 않을 때에만 기꺼이 박수를 보냈다. 출세하려는 사람에게 가장 먼저 요구되는 능력은 자기 자신을 드러내는 재능이 아니라, 자기 자신을 감추는 기술이었다. 그는 생각보다 표정을 먼저 다스려야 했고, 마음속의 열정은 가능한 한 깊이 숨겨두어야 했다.

이 나라에서는 열정을 드러내는 것이 위험했으며, 솔직함은 미덕이기보다는 결점으로 취급되었다. 강한 신념을 가진 사람은 존중받기보다 경계의 대상이 되었고, 독립적인 정신은 불온한 것으로 여겨졌다. 줄리앵은 마침내 이해했다. 성공하려면 남들과 다르다는 인상을 주지 말아야 하며, 시대가 요구하는 언어를 말하고 유행하는 감정을 흉내 내는 편이 훨씬 더 안전하다는 것을.

스탕달

시민 불복종

나는 강요당하기 위해 태어난 사람이 아니다.

나는 나 자신의 방식으로 숨 쉬고자 한다.

다수의 힘은 정의의 기준이 되지 못한다.

그것은 단지 가장 강한 물리적 힘일 뿐이다.

정의의 기준은 각 개인의 양심 속에 있다.

헨리 데이비드 소로

바냐 외삼촌

우리는 살아갈 거예요, 바냐 외삼촌.

길고도 긴 날들과 지친 저녁들을 견뎌내며요.

운명이 우리에게 보내는 시련을 묵묵히 감당하고,

지금도, 늙어서도 쉬지 못한 채 남을 위해 일하다가,

때가 오면 조용히 죽음을 맞겠지요.

그리고 무덤 너머에서 우리는 말할 거예요.

우리가 고통받았고, 울었고, 우리의 삶이 쓰라렸다고.

그러면 하느님께서 우리를 불쌍히 여기실 거예요.

그때가 되면, 바냐 외삼촌, 사랑하는 외삼촌,

우리는 밝고 아름다운 삶을 보게 될 거예요.

지난 고통을 부드러운 마음으로,

미소 지으며 돌아보게 될 거예요.

그리고 우리는 쉬게 될 거예요.

천사들의 목소리를 듣게 될 거예요.

온 하늘이 다이아몬드처럼 빛나는 것을 보게 될 거예요.

———

안톤 체호프

등대로

릴리는 문득 느꼈다. 삶이란 어떤 결론을 향해 나아가는 것이기보다,
이런 순간들 속에서 잠시 모습을 드러내는 것일지도 모른다고.
창가에 스며드는 빛의 움직임, 바다에서 반사되어 방 안으로
들어오는 색, 식탁 위에 놓인 사물들이 만들어내는 고요한 질서가
그녀의 의식 속에 겹쳐졌다. 그 모든 것은 오래 붙잡을 수 없는
것이었지만, 바로 그 찰나에 분명한 존재감을 지녔다. 삶은 그렇게
흘러가며, 때로는 한 점의 형상처럼 또렷하게 떠올랐다가 다시
흩어졌다. 릴리는 그 형상을 소유하려 하지 않았다. 다만 그것을
알아보고, 지나가도록 내버려 두었다. 그 짧은 인식의 순간에,
그녀는 삶이 스스로를 설명하고 있다고 느꼈다.

———

버지니아 울프

누구를 위하여 종은 울리나

어느 누구도 그 자체로 완전한 섬은 아니다.

모든 인간은 대륙의 한 조각이며, 전체의 일부다.

만일 흙덩이 하나가 바다에 씻겨 나간다면

그만큼 유럽은 줄어든다.

그것이 곶 하나이든,

네 친구의 영지이든,

혹은 네 자신의 것이든 마찬가지다.

어느 한 사람의 죽음도 나를 줄어들게 한다.

나는 인류 속에 포함되어 있기 때문이다.

그러므로 종이 누구를 위해 울리는지

사람을 보내 묻지 마라.

그 종은 바로 그대를 위해 울리고 있다.

———

어니스트 헤밍웨이

그림자를 판 사나이

친구여, 자네가 사람들 사이에서 살아가고자 한다면

무엇보다도 자신의 그림자를 소중히 여길 줄 알아야 하네.

사람들은 자네의 말이나 마음보다 먼저,

자네가 땅 위에 남기는 그 흔적을 본다네.

그것이 없는 자는 아무리 많은 재물을 지녔다 해도

사람들의 시선에서 곧 밀려나고 말지.

___

아델베르트 폰 샤미소

첫사랑

그때의 일들은 오래전에 지나갔지만, 나는 그것들을 다른 어떤
기억들과 같은 자리에 둘 수 없었다. 시간이 흘러 많은 것을 잊었고,
많은 것을 이해하게 되었지만, 그 사랑만은 내 삶의 어느 구석에도
섞이지 않았다. 그것은 늘 따로 남아 있었다.
나는 그 사랑을 떠올릴 때마다, 그것이 나의 젊음 전체를 단번에
비춰주던 빛이었다는 사실을 느낀다. 이후에 만난 기쁨과 슬픔은
그 빛과 비교되었고, 그 비교는 언제나 공정하지 않았다. 그만큼
첫사랑은 나에게 하나의 기준이 되었다.

이반 투르게네프

5장

문장이
남기고 간 것들

마녀의 빵

"부인!"

그 젊은 남자는 분노에 차 말했습니다.

"그 빵에 대체 뭘 넣은 겁니까?"

"버터를요, 선생님."

미스 마사는 두려움과 기쁨에 떨며 대답했습니다.

"버터라고요!"

그가 외쳤습니다.

"당신이 무슨 짓을 한 건지 아십니까?

저는 건축가입니다. 도면을 그리는 사람이지요.

버터는 제 일에 치명적입니다.

저는 연필 자국을 지우기 위해

일부러 마른 빵을 사 왔던 겁니다.

이제 제 도면은…… 다 망가졌습니다."

오 헨리

윈더미어 부인의 부채

나는 유혹을 빼고는 모든 것을 참아낼 수 있어요.

사람은 두 부류뿐입니다.

매력적인 사람, 그리고 지루한 사람.

선한 사람이나 악한 사람 같은 건 존재하지 않죠.

___

오스카 와일드

마음

나는 인간을 지나치게 신뢰했다.

그 결과, 인간을 더 이상 믿을 수 없게 되었다.

세상이라는 것이 몹시 두려운 곳으로 느껴지기 시작했다.

그래서 나는 사람들과 거리를 두고 살았다.

그러나 그것은 고독을 좋아했기 때문이 아니다.

사람들을 피하지 않고서는,

나 자신을 지킬 수 없다고 느꼈기 때문이다.

인간 속에 있으면서 인간에게 상처 입는 것보다,

차라리 혼자 있는 편이 덜 고통스러웠다.

나는 세상을 미워해서 숨어든 것이 아니다.

다만, 더 이상 상처 입을 힘이 내게 남아 있지 않았다.

___

나쓰메 소세키

고리오 영감

아버지에게는 두 가지 고통이 있다.

하나는 사랑에서 오는 고통이고

다른 하나는 자존심에서 오는 고통이다.

전자는 심장을 갈기갈기 찢어놓고

후자는 그것을 서서히 독살한다.

그리고 사람은 종종

두 번째 고통을 인정하지 않기 위해

첫 번째 고통을 견뎌낸다.

―――

오노레 드 발자크

화살과 노래

나는 화살 하나를 공중으로 쏘아 올렸다.

그것은 땅으로 떨어졌으나 어디인지는 알지 못했다.

너무도 빠르게 날아갔기에

눈은 그 비행을 따라가지 못했다.

나는 노래 하나를 공중에 불어넣었다.

그것 또한 땅으로 떨어졌으나 어디인지는 알지 못했다.

그 노래의 비행을 따라갈 만큼

예리하고 강한 시력을 지닌 이가 어디 있겠는가.

아주 오랜 시간이 지난 뒤, 어느 참나무에서

부러지지 않은 채 남아 있는 화살을 나는 발견했다.

그리고 그 노래는, 처음부터 끝까지,

한 친구의 마음속에서 다시 발견되었다.

———

헨리 워즈워스 롱펠로

별

식사가 끝나자 나는 그녀를 바위 위에 앉게 했다.

그리고 하늘을 가리키며 말했다.

"보세요, 아가씨. 저 별이 바로 목동의 별입니다."

그녀는 숨을 죽이고 하늘을 올려다보았다.

별들은 하나둘씩 더욱 또렷해졌고,

밤은 깊어갔다.

나는 별들의 이름을 알려주었다.

어느 별이 길을 인도하는지,

어느 별이 사랑하는 이들을 지켜주는지,

그리고 어떤 별은 외로운 사람들의 이야기를 듣는다는 것도.

그녀는 가끔 고개를 끄덕였고, 가끔은 어린아이처럼 미소 지었다.

나는 그 미소를 보며 내가 알고 있는 모든 것을 말하고 싶어졌다.

그날 밤, 나는 처음으로 내 말이 누군가의 마음속에

조용히 닿고 있다는 것을 느꼈다.

———

알퐁스 도데

픽윅 페이퍼스

마차가 앞으로 나아가자 바퀴는 경쾌한 소리를 내며 길을 굴렀고,
풍경은 연속적으로 시야를 스쳐 지나갔다. 신선한 공기가 얼굴을
스치며 들어왔고, 일상의 규칙과 의무에서 잠시 벗어났다는 기분이
마음을 가볍게 만들었다. 목적지에 도착했을 때의 만족감보다,
이렇게 움직이고 있다는 사실 자체가 더 큰 즐거움을 주고 있었다.
길 위에서는 모든 것이 새로웠다. 들판의 색, 마을의 소리, 낯선
표정들이 하나로 어우러지며 여정에 생기를 더했다. 이 생기는
도착이라는 한순간에서 생겨나지는 않고, 계속 이어지는 이동
속에서 자연스럽게 쌓여갔다.

———

찰스 디킨스

음향과 분노

시계는 시간을 죽인다…….

작은 톱니들이 시간을 잘게 잘라내는 동안

시간은 죽어 있다.

시계가 멈출 때에야

비로소 시간은 살아난다.

______

윌리엄 포크너

코

꽤 이른 시각에 잠에서 깨어난 코발료프 소령은

눈을 비비고 거울을 보았다. 그런데, 코가 있어야 할 자리에

완전히 매끈한 표면만 있을 뿐이었다.

그는 자신이 꿈을 꾸는 거라 생각하고 눈을 감았다.

그러나 다시 깨어났을 때도 똑같은 것을 보았다.

침대에서 벌떡 일어난 그는 하인에게 물을 가져오라고 시킨 다음

세수를 하기 시작했다. 코가 제자리에 나타나기를 바라면서.

그러나 역시 아무 소용이 없었다.

그는 다시 거울을 보았다.

— 틀림없었다. 코가 없었다!

심장이 덜컥 내려앉았다.

———

니콜라이 고골

수레바퀴 아래서

학교의 교사들은 자신이 맡은 반에 한 명의 뛰어난 아이가 들어오는 것보다, 여러 명의 둔한 아이들이 들어오기를 은근히 바라곤 했다. 뛰어난 아이는 늘 문제를 일으키기 마련이었고, 교사들에게 요구되는 노력을 지나치게 키웠다. 반면 평균적인 아이들은 다루기 쉬웠고, 체계 속에서 순조롭게 흘러갔다.

아버지 역시 아들의 재능을 보며 기쁨과 두려움을 함께 느꼈다. 그는 자신의 미약한 삶에서 결코 닿지 못했던 높이를, 아들이 대신 올라가 주기를 바랐다. 그 바람은 명확한 생각으로 정리된 것은 아니었지만, 막연한 경외와 욕망의 형태로 그의 마음속에 살아 있었다.

소년의 내면에는 아직 다듬어지지 않은 힘이 있었다. 그것은 거칠고 질서 잡히지 않은 상태였으며, 교육이라는 이름 아래 먼저 부서져야 할 것으로 여겨졌다. 그 힘은 위험한 불꽃처럼 취급되었고, 불붙기 전에 눌러야 할 대상으로 판단되었다. 그렇게 해서 소년은 점점 자신을 경계하는 법을 배웠다.

헤르만 헤세

에마

분별력이 부족한 사람에게 허영심이 더해지면,

그것은 반드시 여러 형태의 문제를 낳는다.

남의 비밀을 신임받아 맡고 있다는 자부심은,

그녀가 스스로 이룬 어떤 성공에서도

기대할 수 없었을 만큼 큰 기쁨을 안겨주었다.

___

제인 오스틴

슬리피 할로의 전설

이 마을에는 오래전부터 전해 내려오는 온갖 기묘한 이야기들이 있다. 별난 밤의 환영들, 공중을 가로지르는 소리들, 그리고 무엇보다도 머리 없는 기사에 대한 전설이 그러하다.

사람들에 따르면 그는 혁명 전쟁 당시, 이름 없는 전투에서 대포알에 머리를 잃은 헤센 용병이었다. 전투가 끝난 뒤, 그는 서둘러 묻혔지만, 밤마다 자신의 머리를 찾기 위해 말을 타고 떠돈다고 한다. 그의 모습은 특히 밤이 깊을수록 또렷해진다. 사람들은 그가 어둠 속에서 바람처럼 달려오는 것을 보았다고 말하며, 교회 근처에서 가장 자주 모습을 드러낸다고 수군댄다. 마치 그곳에 묻힌 자신의 머리를 찾으려는 것처럼.

이 유령은 떠도는 혼령을 넘어, 이 지역 전체를 배회하는 공포의 상징으로 여겨진다. 말 위에 앉아 머리 없는 몸통만 남은 채 달려오는 모습은 보는 이의 심장을 얼어붙게 만든다. 그 때문에 슬리피 할로의 주민들은 밤길을 나서지 않고, 해가 지면 가급적 집 안에 머무르려 한다.

___

워싱턴 어빙

덤불 속

그 여자는 단도를 내 앞에 떨어뜨린 채 숲속으로 달아났다.

나는 한동안 그 자리에 서서 움직일 수 없었다.

가슴속에서는 말로 다 할 수 없는 감정이 뒤섞여 일어났다.

잠시 뒤, 나는 그 단도를 집어 들었다.

그리고 그것을 내 가슴에 깊이 찔러 넣었다.

눈앞이 갑자기 어두워졌고, 몸의 감각이 빠르게 사라졌다.

그 순간, 누군가 다가와 단도를 뽑아 갔다.

그 사람이 누구였는지는 알 수 없다.

그러나 나는 이미 죽어가고 있었다.

———

아쿠타가와 류노스케

파르마의 수도원

그들의 사랑은 세상의 눈을 피할 때에만 숨을 쉬었다.

사람들의 말과 시선이 닿지 않는 그 짧은 순간들 속에서만,

그 감정은 진실하게 자신을 드러낼 수 있었다.

클레리아는 이 사랑이 드러나는 날,

그 순간부터 그것이 더 이상 같은 모습으로

남아 있을 수 없다는 사실을 알고 있었다.

사람들의 판단이 개입하는 순간,

그 감정은 순수한 열정에서 벗어나

체면과 의무 그리고 허영의 문제로 바뀔 것이기 때문이다.

그래서 그녀는 사랑을 숨겼다.

그것을 부끄러워해서가 아니라,

지키기 위해서였다.

사랑은 감시받는 자리에서 오래 살아남지 못한다는 사실을

그녀는 누구보다 분명히 이해하고 있었다.

___

스탕달

킬리만자로의 눈

킬리만자로는 해발 19,710피트의 눈 덮인 산으로, 아프리카에서
가장 높은 산이라 전해진다. 서쪽 봉우리는 마사이족이 '응가예
응가이', 곧 신의 집이라 부른다. 그 서쪽 봉우리 가까이에는
말라붙은 채 얼어 있는 표범의 사체가 있다.
그 표범이 왜 그런 고도까지
올라갔는지는 아무도 설명하지 못했다.

───

어니스트 헤밍웨이

세 자매

살아야 해요.

살아야 해요.

시간이 지나면 우리는 영영 떠나겠죠.

사람들은 우리를 잊을 거예요.

우리의 얼굴도, 우리의 목소리도,

우리가 몇 사람이었는지도.

그러나 우리의 고통은 우리 뒤에

살아갈 사람들에게 기쁨으로 옮겨갈 거예요.

이 땅에는 행복과 평화가 깃들 것이고,

지금 살아가는 사람들을 따뜻한 말로

기억하며 축복해 주겠죠.

———

안톤 체호프

자기만의 방

여성이 소설을 쓰기 위해서는 돈과 자기만의 방이 필요하다고
나는 말하고자 한다. 이 두 가지는 결코 사소한 조건이 아니다. 지적
자유는 물질적 조건에 달려 있으며, 시와 소설 같은 창작은 공중에서
피어나는 꽃이 아니기 때문이다. 마음이 자유로우려면, 그것을
묶어두는 사소한 걱정들로부터 먼저 풀려나야 한다.

———

버지니아 울프

만약 내가

만약 내가 단 하나의 마음이라도

부서지지 않게 지킬 수 있다면,

나의 삶은 헛되지 않으리.

만약 내가 한 사람의 아픔을 덜어주거나

하나의 고통을 식혀줄 수 있다면,

혹은 기진맥진한 한 마리 새를

다시 제 둥지로 이끌어줄 수 있다면,

나의 삶은 결코 헛되지 않으리.

___

에밀리 디킨슨

파우스트

인간의 활동은 너무도 쉽게 느슨해지고,

그는 곧 무조건적인 안식만을 사랑하게 된다.

그래서 나는 그에게 동반자를 붙여준다.

자극하고 작용하며, 악마로서 일하지 않을 수 없는 자를.

그러나 너희, 참된 신의 아들들이여,

살아 숨 쉬는 풍요로운 아름다움을 기뻐하라.

생성하며 끊임없이 작용하는 것들이

너희를 사랑의 온화한 경계로 감싸게 하라.

흔들리며 나타나는 모든 현상을

지속적인 사유로 굳건히 붙들어라.

인간은 지향하는 한 방황한다.

———

요한 볼프강 폰 괴테

인간의 대지

사랑이란 서로 마주 보는 것이 아니라

둘이서 같은 방향을 바라보는 것이다.

———

앙투안 드 생텍쥐페리

우리는 책을 읽으며
다른 사람이 생각한 것을 생각한다.
-아르투어 쇼펜하우어

세계문학 필사 100일

1판 1쇄 인쇄 2026년 2월 20일 | **1판 1쇄 발행** 2026년 2월 27일 | **엮은이** 윤서진 | **펴낸곳** 달먹는토끼 | **주소** 서울 마포구 성지길 25-11(합정동, 오구빌딩) | **전화** 02 334 0173 | **팩스** 02 334 0174 | **홈페이지** www.hwangsobooks.co.kr | **인스타** @hwangsomediagroup | **등록** 2009년 3월 20일(신고번호 제 313-2009-54호) | **ISBN** 979-11-996420-3-4(03800)

@2026 윤서진